KB145632

파도는 살아있다

손영호 제4시집

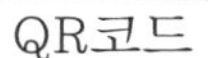

스마트폰으로 QR 코드를 스캔하면
시낭송을 감상할 수 있습니다

제목 : 파도는 살아있다
시낭송 : 박영애

제목 : 붓끝으로 나열하다
시낭송 : 박영애

제목 : 봄 기다리는 마음
시낭송 : 박영애

제목 : 인생의 끝부분
시낭송 : 박영애

제목 : 하나의 계절이 지나면
시낭송 : 박영애

제목 : 노을의 빛
시낭송 : 박영애

제목 : 걸어도 끝이 없는 길
시낭송 : 박영애

제목 : 떠나고 오는 계절
시낭송 : 박영애

제목 : 가을 사랑
시낭송 : 박영애

제목 : 생의 나락에 서서
시낭송 : 박영애

제목 : 어릴 때 내 동무
시낭송 : 박영애

제목 : 봄비
시낭송 : 박영애

시집 본문 시낭송 모음

시인은 자연을 이야기하고
시낭송가는 자연을 품었다
글자는 날개를 달아 언어로 날고
소리는 자연에 눕는다

시인의 말

삶 속에는
언제나
이별이 오고
새로운 만남이 있지만
자연의 이치에 따라 세상 속에서
불의를 범하지 않고
자연의 색깔과 같이 서서히 변화하면서 즐거움을 만끽
하는 것도
참 아름다운 삶의 하나라 할 수 있다. 오늘날 문명이
발달하고
시대의 이념이 바뀌면서
정서적인 생각보다
이기적인 생각에 사로잡혀 삶을 구축하고 있구나
하늘에서 비가 오고
땅에선 새싹이 돋아 서로의 공존 속에서 삶을 배우고
이치를 깨달으며 세상을 살고 싶다.

시인 손영호

* 목차

용추처럼 흐른다

마음의 웅덩이
고이고 흐르는 샘물
용추처럼
깊이 파여
수심의 동이 되었네

철철이 고여
쌓이고
또
쌓여도
음흉한 기세로 마구 흐르는구나

난항에 부딪혀
역경의 고난이 되어도
흐르는 것 멈출 수 없듯이

내 생각은
하루하루 깊은 삶 속에
썩어 고이지 않고

저
용추처럼
쏟아지며 자꾸 흐른다.

파도는 살아있다

파도여
밀려서 깨 부서지는
희열의 숨을 내쉬고 있구나

입으로 뿜었다 토해내는
용의 입김처럼
쉼 없이 갯돌에 내리치는
뿌연 파도

등 비늘 세우며 지나가는 용렬함
푸른 바다에 우람한 기세는
늘 파도 속에서 살아 움직인다

끝없이 밀려오는
마음의 충동과 같이
파도는
저 갯바위를 삼키려 한다.

제목 : 파도는 살아있다
시낭송 : 박영애
스마트폰으로 QR 코드를 스캔하면
시낭송을 감상할 수 있습니다

못 잊어

잊었다
해도
못 잊는 사람

그리워
못 잊어
생각이 나는 사람

미움도
나에겐
사랑인가 봐

아픔도
슬픔도
모두 그리움인데...

붓끝으로 나열하다

붓끝으로 흘린
얼룩진 푸념들이
물꽃 되어 뚝뚝 떨어진다

마음에 매여 있던
뿌리 깊은 사연들은
절규하게 나열하고

뜻깊은
연서는
아름다움으로 표식하기 위해
지혜의 역량을 펼친다

끝내
마음을
털어 내어
하얀 줄무늬로
종식이 되고 말았다.

제목 : 붓끝으로 나열하다
시낭송 : 박영애
스마트폰으로 QR 코드를 스캔하면
시낭송을 감상할 수 있습니다

봄 기다리는 마음

마음의 문을 열어 두고
봄을 기다리고 있다

기웃거리는 샛바람은
창틀에 고여
내 마음 가까이에서
머뭇거리며 엿보고 있다

봄이다
느껴질 때
나는
온몸으로 널 포옹하고

물오른
나의 살갗은
봄꽃 피기를 기다린다

너에게
따뜻한
그 향기를 보내기 위해서.

제목 : 봄 기다리는 마음
시낭송 : 박영애
스마트폰으로 QR 코드를 스캔하면
시낭송을 감상할 수 있습니다

바다에 서서

오
가기를
반복하는
파도에 부딪힌 비열

난
바다에 서서
밀려온 그대를 당기며
저
파도의
형물 앞에 서서
아련한
추억 떠올린다

외로운 곳에
널 삼키며
난
그곳에
수초가 되어 흔들린다

마음이
바다이니까!

꿈

나는 밤마다

너
꿈으로 꾸고 싶지만
도무지
꿔지지 않는다

이름이라도 같이 포개어
널
반기고 싶은데

도대체
나타나야 말이지

눈 뜨면 그리운데
눈 감으면 왜 사라질까

오늘 밤
오늘 밤 하다가
오늘까지 왔는데
오늘 밤에
또
기다려 보자

혹시 아나
지성이 감천이라고.

연민의 정

살면서
아름다운 꽃길만 생각하고
어려움보다
쉬운 것만 생각하면서 살아간다

밝게
빛 들어간 곳만 보지 말고
어두운 곳에
빛 밝혀 주는 마음이 되자

즐거워 같이 웃는 것보다
연민의 정을 나누고
나 하나의 사랑이
나누고
또
나누어도
늘 부족한 것처럼
그렇게 살자

계절마다
풍기는 향기에
서로 응집하면서 즐거움이 되고
세상의 고난에
손이 되고
발이 되어
같은 동행의 길이면 참 좋겠다.

인생의 끝부분

낙엽이 뒹굴다
허공에 날다 떨어진 심연의 수렁
방황의 날개를 접고
정착한 마음은
꿈의 이별입니다

하루의
긴 사랑이
하루의
긴 이별이 되고
끝없이 흐르는 세월에는
늘
자국의 흔적만 남깁니다

내심이 표출되고
방향의 지시를 잃을 때
떠나지 못하는
외로운
철새의 운명과도 같고

저 넓은 허공에
깃털처럼
낙엽처럼
그렇게
떠돌다 가는 것을.

제목 : 인생의 끝부분
시낭송 : 박영애
스마트폰으로 QR 코드를 스캔하면
시낭송을 감상할 수 있습니다

체념

얻고
버리고
꿈을 꾸듯
날려 버리는
허공에 이념들

뿌리도 없이 자란
마음의 씨앗들이
하나씩 잘라
상념의 틀을 지워 버리리라

무수한 세월들이
오고 가면서
쌓인 깃털들이

저
허공에서 뿔뿔이 날아다니듯

혼미스러운
널
모두 체념하리라

나
하나의
자유를 위하여.

그 향기

꽃잎처럼
방긋
미소를 지운다면
난
그 향기를 맡으리다

꽃잎이
붉게 멍이 들더라도
난
살며시 입맞춤하리다

야릇한
향기는
입술에서 녹아내리겠지

그 환상 속에서
매일 꽃으로 가꾼다

그
진한 향기 때문에.

눈

눈이 내리네!

하염없이
그리움이 펑펑 쏟아지네!

그 옛날 내리던
그 눈처럼

마음속엔
또 하나의 흰 눈이 쌓이네!

자꾸자꾸
내린 눈은

온 산
온 들판이
새하얀 솜이불처럼
나부시 깔려 있네!

애수

외로운
마음
홀로 강둑에 앉아
오가는 철새 바라보고 있다

뒤엉켜
흔들린 갈대의 잎
바람에 목청 실어 날릴 때
메마른 비명이
사방에 내리꽂힌다

고독의 애수
늪의 울타리에
가지런히 세워두고
떠나지 못한
이 마음이
저
외로운
철새 같구나!

밤의 영혼

밤에는
달과 별의 모습
낮에는
해의 빛
양극이 서로 돌면서
꿈을 꾸고
미래 현실을 마음에 담는다

고요의 어둠은
침묵의 울에 가두어
무수하게
뇌리의 영적으로 흐르고 있다

허공에 떠돌던
추상들이
감회의 깃발을 치켜세워
나의 영혼을 흔든다

외로운
침상의 그늘 속에서.

그리운 고독

고요의
침묵을
삼키고 있다

그 한 송이
예쁜 꽃은
그리움에 울부짖는다

가슴 적시는 뜨거운 눈물이
마음 깊이 스며들어
그 아픈 상처를
눈물로 씻어 내려야 하는가

바람이 불어
검은
먹구름 몰고 가듯
애증의 슬픔도
고독도
말끔히 씻어 갔으면
참 좋으련만.

첫눈

백의 천사
빤짝빤짝
보석 같은 눈꽃
아른거리며
눈부시게 반짝인다

소리 없이 살포시 깔려
그 추억에 휘어 감고
온 천지
고요의 침묵이 되누나

펑펑
쏟아진 첫눈
요정같이
참 아름답다

포근한
너의
마음 같이.

수국

기다리다
꽃잎 지는데

천연덕스럽게
외로움만 삼킨다

못 잊어
하루하루의
너의
색깔도 잊은 채

난
기다리다
수국(水菊)이 되었다.

새해 희망

한 장의 달력을
바라보며
길의 자책과
생의 번성을 꿈꾼다

뒤쫓으려 하는 것보다
새 희망의 염원이 되어 보자

첫 숫자엔
언제나
희망을 걸지만
삶은 그다지 녹록지 않다

그러나
꿈은
항상 동행자로
끌고 가기를 기다린다

십이월의
마지막 숫자
보내는 아쉬움이

새로운
일월의 희망이
또
기다리고 있다.

그래도 아직은

나의 깃발
몸속 깊숙이 담겨 있는
붉은 핏줄은
멈추지 않고
청춘으로 달리는데

세월은
달음박질치며 풀쩍 뛰어간다
아직은
내 몸속엔
너에게 꺼내 줄
혈액의 용액들이 맴도는데

꽃의 향기 속은
그 청춘을 잃어 가는가

깊숙이 품은 넌
아직
나에 붉은 장미의 청춘 꽃이다.

둥근 달을 바라보며

저
중천에 뜬
둥근 달
그림자 속에 몸 담근다

혼미 심신이
월백 청청하니
너를 보고
또 바라본다

강물 속에
나의
그림자 비취어
고뇌에 수를 놓으며

바람에
일렁이는 마음을 곤하게
자리 잡아
깊은 수위에 빠뜨린다

저
밝게 뜬
밤의 달처럼.

인연

내가

널

그리워하는 것은

널

너무 사랑하기 때문이야

내 마음에

널

담는 것도

인연이 되어

참 아름답기 때문이지

널 알고

행복해지는 것은

세상에서

내게

최고의 선물일 거야.

노을

아침
희망의 노을이
저녁
지는 노을 같을까

꽃피워 향기 뿌리다
잎 떨어진 나목이 되어
세상을 잃어가는
아름다운
주름진 노을

밤엔 별을 보고
암흑의 꿈을 꾸며
접었다
다시 피는 아침

그것이
인생 꿈이런가.

삶

너무 깊이도
너무 오래도 생각지 말자
가지고
있는 만큼만 생각하자

돌아갔다
돌아오기가
그리 싫지 않거늘

삶이란
그다지 길지도 않은데
보고 듣는 건만도 벅찬 것을
어찌
세상을 다 주워 담으며 살라 하나

그저
계절처럼
아름답게 살자

하늘이
내게 준 삶만큼만
행복해지자.

마음이 서러울 때

참는다
가늠할 수 없는
나의 격분

누르면 누를수록
북받치는 감정이 서럽다

바람처럼
지나갈 때
그냥
조용히 먼눈 바라보며
가슴 식힌다

구름이
빗물 되어 흘려도
나는
가슴만 울먹일 뿐이다

그 설움을
부둥켜안고.

떠나고 없는 빈자리

피어오른
커피 향 속에
너의 모습 떠오른다

커피를 마시니
널 마시는 것 같고

널
다 마셔도
그 자리엔
사랑에 그리움들이
포개어져
고독의 울을 넘어
빈 잔을 삼킨다

넌
잔 속에서
그리움으로 녹아내리네!

가을은 떠나가고

삭풍이 불어올 때
가을빛 떨어지니

찬 서리 내리어
이 맘 떨구누나

너
떨어진 공간엔
내
마음 눕혀 놓고

나그네인 양
모두가
저 갈 길로 훌훌 떠나가네!

청춘은 아름다웠다

꽃잎보다
가을 단풍잎보다
더
아름다운 것은
나의 청춘

사계가 지나고
세월 속에서 훑어보니
청춘은
떨어진 갈색의
낙엽

이리저리 뒹굴다
어느
한쪽
쓸모없는
쪼개진 조각들뿐이네!

가을 향기 속에서

가을이니까
널
아름답게 본다
단풍잎 주워 들고서

가을이니까
그
그리움들이
다 떠 오른다
낙엽의 향기를 맡으면서

쓸쓸한
가을 속에는
너와 나
아름다운 빛의 향기로 물들고

가을은
언제나
아쉬운 미련으로 남겨 놓는다.

갯바위에 앉아서

바닷가 바위틈엔
따개비들이 달라붙어 있다

아무리
모진 파도 속에서
생의 의미를 아는지
근원지를 벗어나지 않고
갯바위의 소리를 즐기고 있다

철썩거리는
반주 소리에
갈매기 노랫소리에
뿌연
파도의 알갱이에 몸을 적신다

나도 갯바위에 혼자 앉아
옛 그리는
추억의
노래 부른다.

인내

세상이 야속 다 해도
건질 것이 있더라

삶이 전부인 양
끝내는
인생이 너무 허무하다

그러나
참고 인내하면
복이 있을 터

견디다
힘이 들면
천상을 올려 보게나!

떨어진 낙엽 바라보며

오늘
떨어지는
저 낙엽의 자리엔
언제
새싹이 또 피어날까

너
표류하는
저 낙엽의 이별은
길기만 한데

여느 때
찾아와 잎 돋으니
새로이
널 만나 지겠지

긴 이별
연민했던
가련함도
청푸른 잎으로
새로이
만나 지리라.

구주령

굽이돌아
구주령 휴게에 도착했다

계곡으로 뻗은 동녘의 빛들이
안개 위로 걸쳐놓고
시야에
뿌옇게 펼쳐진 동해의 바다
점찍은 돛배는
아름답게 풍광을 채워 놓고 있다

명산의 자취엔
부채꼴의 형상으로 서려져 있고
계절마다
풍기는 미의 즐거움은
마음에 쌓아 덧칠하고 만다

구주령의 계곡
그 깊은 역사의 행적들은 어디로 다 사라지고
옛적 흐르는 맑고 깨끗한 강물만
변함없이 흐르고 있구나!

이별의 고독

넌
보이느냐
낙엽 떨어지는 것을
난
그 슬픔을 보았다
고독 울부짖는 가을 소리를

넌
가을 이별을 아느냐
그 아픔의 열망이

난
그 슬픔도
그 외로움도
모두
이 가을로 배척하고

떨어지는
고독의 이별
마음에서
그냥
잠재우리.

낙엽이 날리는 날에

메말라 흐른다
부딪힘 없이 흐르는 바람결
유일무이한 세파
난고의 물결처럼 이리저리 둘둘 말아 흐른다

자유의 영감(靈感)이
나뭇가지 사이로
쭉쭉 뻗으며
온 세상의
기축을 흔들며 지나간다

아름답게
꾸며진 자연
오색의 빛들이
퇴색 되어 날리고
찢어진 낙엽 조각도
제각기
바람에 구르며 짓밟히고 있네!

하나의 계절이 지나면

난
또
계절 속에 따라 흐르고 있다
묵묵하게 소리도 없이
많은 흔적 깔린
과거의 잎 무늬들이
흩어진 길거리에 소진된 채
고이 담아 놓은
나의 추억 쏟아붓는다

디딘 발자국에
그림자처럼 남겨 놓고
눈에 보이지 않는 분진들만
뿌옇게 푸석거린다

긴 흔적의 나열이
세월로 지워질 때면
또
하나의
계절 속으로
나는 홀로 떠나가고 있다
낭만의 꿈속으로.

제목 : 하나의 계절이 지나면
시낭송 : 박영애
스마트폰으로 QR 코드를 스캔하면
시낭송을 감상할 수 있습니다

삶이 행복이다

행복
아주 가까운 곳에
너 있었구나

행복은
미래에도 현재에도 없다

과거에도 없다

오직
나의 생각이 행복이다

행복을 찾아 잡으려 하면 할수록
더 멀어진다.

내 삶의 만족이
최고의 행복이다.

그리운 사람이기에

그립다
옛사람이 되어 모습만 떠오른다
그 사모의 정은
온몸 구석구석 집착의 연이 되어 있네

인연의 방석은
저 노을의 너울에 깔고
반짝이는 빛 속으로
방황의 노를 저며 헤매고 있다

어둠에 침몰하여
꿈속에서 헤맬 때면
존재의 허상에서 벗어나지 못한
그리운 사람아

그렇게
애상(愛想)에 사로잡혀
널 부여잡고 있다.

망각의 삶

마음을 비우리라
세상 모르게 모두 비우리라
아무것도 모르고 살리라
듣지도 않으리라
무상에서
무아지경으로 살아가리라
바람이 불어도
비가 와도
쓸리며
젖으며
그렇게 살리라
오늘이 오면
오늘을 살고
내일이 오면
또
내일을 살아가리라
수 날을 덮은 채
느린 숨 쉬며
조용히
가슴으로 살아가리라!

시월의 가을

넌
이 가을을
남기기 위해
무던하게 뜨거운 여름을
넘기였구나

그 짙은 단풍잎 색깔 물들기 위해
찬 기운을 온몸 적셔

시월의 끝자락
너와의
그 사랑
가을로
붉게 남겨 놓았네

진한 홍엽에
깊숙이 물들려
너와 나
시월 잎으로 남겨 놓았지.

피고 지는 꽃처럼

빛의 화촉은
꿈으로 쌓여 있다

화려한 젊음이
밤낮 그림자로 사라진 채

꽃으로 피어
꽃으로 지려 하지만

녹아내린 세월
어찌 그리 쉬우리까

바람에 등불같이
꺼졌다
다시 켜고

그렇게
꽃처럼 피고
꽃처럼 지며 사는 게지!

별

반짝반짝
빛나는 별
오늘도
누구에겐가 속삭인다

나 닮은 별
그 열정을 참지 못하고
밤마다
사랑이 그립다
소곤거리네

티 없는
파란
하늘을 품고
순수한 마음으로
그리운
널 부르고 있다.

소국

노란 소국
짙은 내음 풍기며
옹기종기 모여
깊은 가을 축제가 되었네

바람에 한들거리며
향기로 전해오는
가을의 여인
들국화

측은하게 피었다
계절 속으로 숨어드는
애잔한 소국
들국화야.

보름달

만월이 봉 위에 걸터앉아
바람에 흔들리니

새어 나온 밝은 빛은
어랑에서 춤춘다

이곳
홀로 눠어
호반에 비취는
나의 그림자
물보라에 톡톡 튀어
온몸 적셔가며

만월을 바라본
홀로인 밤
쓸쓸히도 흐르는구나!

추억

한 잎씩
한없이 주워 담았다
떨어지는
아픔을

버릴 곳이 없어
그냥
추억으로 남기기로 했다

너도 그때처럼
그 추억이 되어
오늘이
또
생각나잖아.

청봉에 올라 보니

청봉에 오르니
온 세상이
모두 청봉이로다

봄에는
이 봉 저 봉
애기 꽃들이
여기저기 피지만

가을에는
온통
희열을 느낄 수 있는
오색 찬란한
빛의 정열이다

뒤늦게
헐벗은 청봉은
바람 새는 소리만 들리네.

몽환 속에서 잠들다

저 푸르고
저 높은 하늘에
내 몸 띄울 수 있다면
솜털 구름 위에
고운 꽃 한 송이 안고
누워 잠들어 볼 텐데

바람에 출렁이는
쌍그네 타듯
널 꼭 부둥켜안고
출렁거려 볼 텐데

꿈처럼
영원히 잠들어
동반하는
자유의 여행을 한번 떠나
몽환 속에서
솜털 구름에
둘둘 말려 날아갔으면
참 좋으련만.

오는 널 기다리마

가거라
어차피 가고
올 거면
새로이 반기리라

채웠다
또 비우고
빈 가슴으로
오는 널 기다리마

그땐
사랑 꽃 웃음으로
내
가슴에 가득 채우리.

꽃으로 보는 너

봄엔
꽃 속에서 너를 보고
가을엔
낙엽 속에서
너를 본다

바람이 불 때나
비가 올 때도
날리고
떨어지는 가을

언제나
꽃 같은 너기에
이
가을을 떠나보내도

나는
새봄에 피는
꽃을
하염없이
또
기다린다.

가을꽃

가을날
꽃길 걷는 길에서
그때 그 향기를 맡아 본다

익숙한 모습으로
그때처럼
행복으로 품어도 본다

가을꽃
가을 낙엽같이
그 많은 사연도 적으며 느껴 본다
거리엔 온통
너와 나 추억뿐이라고

맑게
가을빛같이
향기로움을 풍기는 넌

그
빛 속에
가을꽃 같다.

가을 그리고 이별

길거리에
낙엽 깔리고
바람에 이리저리
흩어져 날릴 때면
어느덧
가을은 깊어
저 멀리 떠나가 버립니다

미쳐
준비도 없이 가버린 가을
또
그리운
너와의 이별이군

창공에 고독을 뿌리고
허공에서 날다
잠시 마음은
갈망 속에서 또 헤맬 겁니다

가을의
그리움들을.

너

긴긴날
마음에 담아둔 너
피우지 못한
너의 꽃은
내 마음속에서 사색이었다

청춘앓이로
내 마음 할퀴고
떨어진 너의 꽃잎은
내 마음속에 홀로 꽃씨가 되었네

그리다
그리다
새겨 본 그 얼굴
아련한
옛 모습 잊을 수 없구나

그 젊은
청춘의 꽃이.

가을 사색

붉은 잎
볼라치면
가을
사색에 빠져들고

타오르는 불길처럼
등등이 번지어

붉게 옷 갈아입고
바람에 일렁인다

떨어져 날린
단풍잎
먼 그대 마음으로 다가가

가을 외로움
고독의 눈빛으로
쓸쓸히 바라보게 하누나!

뻐꾸기

뭐가
저리도
슬프고 아프고 괴로울까

이곳저곳
들어라 치는
울음소리가 귓전에 쟁쟁하니

따뜻이 꽃피는 한 계절
애탄
슬픔이로다

새끼 잃고 찾아 다니는
원혼의
울부짖음일까?

빈손 인생

세상엔
모두 빈 것
가져야 할 것 가져도
떠날 땐 빈손

나는
빈손으로 태어나
아름다운
여명의 빛을 보았고
자연의 율동을 맛보았다

떠날 때도 마찬가지다
어차피 빈손 인생인 걸
선의 빛으로 피어나
아름다운
꽃으로 지고 싶다

무취한
저 아름다운
빛 속에서.

가을 낙엽

익어서
세상이 온통 다 익었어
마른
저 나뭇가지에는
열렬히 꽃물이 들고
무수히 푸르게 매달려 있던 잎들은
다 익어 홍엽이 되었다

가을은
이렇게 계절 따라 흐르고 있고

세월이 가는 만큼
그 빈 자리를 메워가며
아름답게 떠나고 있네

바람에 떨어지고
흐르는 빗물에
꽃물이 씻겨 떨어지고
그저
가을 낙엽 되어
모두가
하나하나씩
우수수 떨어지고 마는구나!

상사화

아름다운 꽃

미처
잎도 피워 보지도 못하고

그리움만
가득 품은 상사화야

애틋한 그대 이름이

세상의 빛이 되어
원혼의 꿈으로 이룬 순정

결국
넌
상사화로 피어났구나!

노을의 빛

하늘은 고요한데
저
하늘은
어찌 저리도 푸르고

금빛처럼
눈 부신 태양 빛
저렇게도 아름다울까

담아도
다 담지 못할 풍광들이
빛으로 펼쳐 놓고

저
떠 오르는 노을이
저 하늘
중천으로 가로질러

어느새 흘러
저 서산에 지는
저녁노을이 되었나!

제목 : 노을의 빛
시낭송 : 박영애
스마트폰으로 QR 코드를 스캔하면
시낭송을 감상할 수 있습니다

어디론가 훌쩍 떠나고 싶다

저 강물에

뛰어오른

연어의 물고기처럼

숨죽이고 있던

내 마음도

저

자유의 세상으로 가고파라

사계의 빛 속에

계절의 풍치 따라

이곳저곳

자연의 운치에 시 노래 부르며

길 떠나고 싶다

나그네

가듯

바람 따라

정처 없이

그냥 흐르고 싶다.

바람이 가는 길

바람에
흔들리는 건
어찌
나무와 풀 뿐이랴

연의 줄기를 파고든
연혼의 마음도 흔들어 댄다

저 푸른 바다도
하염없이 짓눌리는구나

갈 길이 어딘지
여기저기 다 혼을 놓고
가려 하네

그 길엔
요동치며
출렁이는 세속을
바라보는 티끌 같은
원기로다.

부부 애

너는
나를 볼 때
행복으로
나를 보고

나는
너를 볼 때
하얀 미소를 지으며
즐거움으로
너를 보지

그러다
눈이 마주칠 때면
웃음으로
사랑을 표하기도 하지

좋은
부부의 애는
그렇게 표해야 하니까?

꽃은 피고 지는데

너무 이뻐서
보고 있을 때
흔들림도 측은하게 보이는구나
날아가는
꽃바람에 향기 떨어질까

언제쯤 지나
그 향기 잃고
바람조차 멈출세라

그땐
그리워도
가슴 속에 멈추어
꽃잎만 날리는구나!

석류

보석처럼
촘촘히 박힌 넌

나에게
톡톡 터진
새콤달콤한 맛으로
나를 유혹한다

입으로 들어간 순간

그
입 속에서 배회하며
삼켜야 하는 넌

나에겐
보석 같은 사랑의 맛을 느낀다.

걸어도 끝이 없는 길

걸어도
끝이 없는 길

돌아보면
아득하기만 한 그 옛길

바람으로 가고
흐르는
구름으로 갔으니

얼마 남지 않은
동행의 길은
너와 나 둘이 걸어가야 한다

따뜻한 봄엔
봄꽃으로 걷고

추운 겨울날엔
서로 포근히 감싸 안고 걷고

저 하늘빛 맑은 날엔
너를 보고 웃고
나를 보고 웃고

또 서로 마주 보고
환히 웃으며 걸어가리라

끝이 없는
동행의 길을.

제목 : 걸어도 끝이 없는 길
시낭송 : 박영애
스마트폰으로 QR 코드를 스캔하면
시낭송을 감상할 수 있습니다

한가위

둥근 세상

늘
둥글게만 살자

한가위의 보름달처럼

환히 웃는

그런
둥근 모습으로
그렇게만 살자!

떠나고 오는 계절

소리 없이 넘어가는 삶의 세상이
또 다른 계절을 찾아
속 마음을 불태우려 한다

숨어 있던 감정들이
다시 연민의 정으로 피어나
그 기나긴 여정 속에
한 계절의 빛은
쓸쓸히 지나가겠지

떠나고 나면 찾아오는
이별의 사랑
슬프긴 하지만
그래도 그 계절만큼은 그리움이다

다시
찾아온 이 계절도
홀로
외로움으로 떠나가겠지
연민의 정처럼.

제목 : 떠나고 오는 계절
시낭송 : 박영애
스마트폰으로 QR 코드를 스캔하면
시낭송을 감상할 수 있습니다

수채화

세상은
온통
수채화 같은 그림이다

바람이 불 때면
형체와 형색이 달라지는
아름다운 채색들이 전개되어
펼쳐지는 광경

참 아름답다

빗물 날리는
가느다란한 곡선에 피어오른
운무의 빛도
저
한 액자에 가지런히 스며들고 있다

내 마음 스미듯

수채화 같은
그
한 폭의 그림들이.

침묵의 밤

밤의 고요는
나의 정신 환각이다
보이지 않는 미래의 환상
흘러간 과거의 환상
현실에 자아적 욕망의
뿌리를 마음으로 뽑아내면서
상상의 이념을 그린다
그
수많은 날 속에서
헤아릴 수 없는 것들을
배척하고
포용하면서 담아둔 마음
이
침묵의 틀에서 벗어나려 하고 있다
내실의
영역을 가득 메우면서
밤새
어두운 공간을
표류하고 있구나!

연호정 호수에서

춘하 추동
햇볕에 그을린
검푸른 호수에는
낙원의 일상일세

사방을 둘러보아도
연잎에 연꽃들

반짝이는
물 위 이랑에 윤슬들이
낮이면 금빛
밤이면 은빛

그
호수에 담아 놓은
밀어의 사랑들이
저 연꽃잎에 뿌려 놓은
길고 긴
연정들을
하나하나 주워 담아 봅니다.

꽃은 아름답다

꽃이라야 아름답다

그
꽃은 보고 싶다

그래서
그 꽃을
마음에 넣어두고

더 아름다운 꽃으로
피우고 싶다.

흐르는 침묵

구름이 하늘을 가렸다
슬프다
하염없이 뿌려 적시누나

주룩주룩
들리는 소리는
감정의 박자 속에
무수히 흐르는
고독의 소리만 들린다

느낌의 침묵은
과거의 흔적을 일으키고
아련한 현상 속에
옛 적막을 깨뜨린다.

가을이 다가오면서

찬 바람이
살갗에 닿는다

어느새
가을이 왔냐고 묻는다

들녘 햇살에
저 높푸른 하늘에
조잘거리며 흐르는 냇물도
냉기가 오르내리고

길옆 코스모스는 꽃망울이 맺혀
잠자리 떼 안식처로
가을의 전경을 말하는구나
깊은 가을이 다가오고 있다고

이 마음도
오는
저 가을 속에서 물들래.

가을 사랑

들녘 익어가는 벼를 보며
마음은 풍요롭다

바람에 일렁이고
높푸른 하늘빛에 춤추니
가을도
우리 마음으로 다가오는가 보다

이 가을은
유난히도 아름답게 빛난다

기다리던 긴 이별이
다시 찾아온 그리운 그대처럼

사랑으로 이 가을을
마음에 가득 채웠으면 참 좋겠다

가을이
다 지나갈 때까지만이라도.

제목 : 가을 사랑
시낭송 : 박영애
스마트폰으로 QR 코드를 스캔하면
시낭송을 감상할 수 있습니다

바람 따라 떠나리

푸르른 솔잎 향기는
코끝에 스미는데

솔잎 사이로 흐르는 솔향은 어디로 갈 텐가

춘삼월에 피는 꽃향기는
내 마음을 설레게 하지만

바람이 몰고 간 넌
내 마음만 외롭고 쓸쓸하구나

저 하늘에
구름 흘러가듯이
이 마음도
바람 따라 훨훨 날아간다오!

커피잔 속의 향기

커피는
내 삶의 한 부분을 차지하고 있다

어쩜
그 한잔이
나를 통째로 삼킬지 모른다

고독의 한잔
쓸쓸하고 외로움의 한잔
우울함까지

짙게 피어오른
그윽한 향기는
이 공간을 가득 채워
나의
삶의 마음을 쟁취하려 한다

모락모락 피어오른
그 향기로.

초록빛 사랑

꽃으로 향기 가득 품어서
저 초록으로
너의 젊음을 한껏 안으리

사랑 비로 가슴추적 거리다
그 어두운 밤
너의 사랑을 기다리려 할까

암흑 속에서
고독의 상면을 그리다
누워
뒤척인 자리엔
그
그리움만 가득한 채

뚝뚝 떨어진
아침 이슬
풀잎 흔든
바람이 약속 다 하리

사랑과 이별

인연은
생에
하나의 길이다
철철이 보내고 다시 오듯
우리도
헤어지고 만남이
수없이 반복되지만
미지의 생각 속에서
폐부의 건성마저 빼앗아 가려는
낡은 세월
모정의 세월이 그립고
우정의 빛이 아름다웠을 때
행복의 빛도 참 강했다
지금은
저 푸른 하늘의 빛을 바라보며
나의 동공이 흐려지고
빛의 어둠이 점점 가까워지는 것 같다
긴 세월의 만남 속에서.

그리운 사람

보고 싶은
사람은
그
어디에 있어도
늘 보고 싶다

그리운 사람
그
목소리만 들어도
마음이 설레고
행복에 젖는다

내
마음속에
꽃과
그 향기와
그
아름다움이
나를 포섭하듯
온몸 깊숙이 심는 듯하네!

파도에 씻겨간 그 추억

모래알처럼
파도에 밀리고 다듬질 되어
바닷가 백사장에 밀려왔다
한 발짝씩
걸어가면서 찍힌 발자국이
아름다운 추억의 세월이 되어 있네
옛적 모습은 온데간데없고
새로이 흔적을 남기어
추억으로 걸어간다
또 다른
그때의 모습대로
나는
흔적의 추억을 찾으려
또 오겠지
그때의
그날처럼

생의 나락에 서서

나는
나락의 끝자락에 서서
생의 깊이를 생각해야 했다

삶은
인생의 동반자이기에
나의 그림자와 같다

어떤 자세의 기준도 없이
틀어지고
삐뚤어진
그 모양대로 살아가지만

모습대로
속의 구원을 바라겠는가

바라고
바라는 것은
생의 염원일 뿐이다.

제목 : 생의 나락에 서서
시낭송 : 박영애
스마트폰으로 QR 코드를 스캔하면
시낭송을 감상할 수 있습니다

풀잎 이슬

풀잎에
쪼르르
굴러떨어진 맑은 이슬

아름답고
순수하게 빛나는
그대
반짝이는
그 눈동자를 닮았구려

또
영롱하게 빛난
초롱초롱한
그 모습도
그대
그 푸른 마음을 꼭 닮았구려

구언

바람으로

벗어 던져야 할

낡은 색깔의 무늬들이

마음의 치장으로

덧칠하고

계절마다 탈바꿈하여

허세에 욕망을 심어 놓고

언행의 심술을 부리누나

속내로 마음 빛내고자

구언을 뿌려 놓지만

허심의 마음은 어쩔 도리가 없구나

뱉어야 할 것

담아야 할 것

구분 없이 마구 솟아 내어

마음이 혼돈되어

어쩔 줄 몰라 하는구나!

늘 젊음으로 살리라

나는 아직 젊음의
붉은 피로 살고 싶다
뜨겁게 달구어진 가슴에
따뜻한
사랑의 핏줄처럼
내 온몸에 열꽃이 피어
그대 아니면
지울 수 없는
그 아름다운 꽃
세월이 숱하게 흘러도
나는 늘
그 뜨거운 핏줄로 살고 싶다
때론
파도처럼
끓어오르는
그
젊음의 열꽃으로.

울림

마음의 소리가
영악스럽게 퍼져나간다
아주 멀리

허공에 메아리 속에서
바람에 뒤엉켜
이리저리
감성의 울림으로
내 마음에 들어와 고인다

푸른
하늘에
굴곡진 언덕을 넘어
멀리 떨어진
너의 곳까지 살며시
파장의 음률로
맴돌다
줄곧
울림이 되어 떨어지네!

마음이 아름다워야

저 푸른 강산이
아무리 아름답다고 하나
내 마음이 아름답지 못하면
그냥 스쳐 지나가는 것

꽃이 아무리 아름다워도
그냥 보고 스치면
아름다움을 마음에 담지 못한다

그도 그렇다

그 속에 있는
아름다움을 발견하지 못하면
진정
사랑이 있을 수가 없다.

긴 역사

구름만이
하늘을 덮을 수 있다.

그러나
그 구름은
이 세상을 덮을 수가 없다.

추악한 자들이 남긴
긴 역사는

세월에 깊이 뿌리 박혀

영원히
오명의 기록에 남을 것이다.

풍류의 깃발

나는 비록
이곳에 자리하고

조용히
뜻을 품으려 하지만

세속에 흐르는 소리는
밤낮 바람으로 흘러 들려오니

허공을 날며 지나간 티끌들도
바람에 일렁이는
난세의 깃발 같더이다.

마음속에 밝은 빛

마음이
빛을 본 듯
참
자유롭고
행복스러운 나

바람이 산들거리고
구름이 두둥실
떠 갈 때면
나도
그렇게 같이 흘러가고 만다

빈 하늘처럼
푸르름을 마음속 가득 담고
고요히
세상에 누워
저
밝은 빛을 바라보고 있다

꿈의 희망인 양
마냥
즐겁게!

시인의 운명

삶이
나의 시이다

고독으로
외로움으로
그리움으로
살아 온 그 삶

하나하나가
어려운 틀을 벗어던지고
세상으로 뛰쳐나온 것이
나의 시이다

인생의 삶은
곧 운명이고
그 운명이
내가 쓴 시인가 보다.

마음속에 꿈

마음속에
파란 하늘을 그려 넣고
거기에다
하얀 뭉게구름
너에 아름다운 얼굴을
태양처럼
아주 빛나게 그리련다.

밤하늘엔 별과 달을 보고
뜰앞엔 아름다운 꽃
파릇한 잔디 위
모락모락 피어오른 커피 향까지
그 모든
그림

내 작은 액자에 넣어
나의 심장 가운데
걸어두고
매일
너와 함께
화사한 아침을 보내고 싶다.

고해의 날개를 접다

내 마음 달래려
밤길 뚜벅뚜벅 걸어간다
외롭고 쓸쓸함도
저 아련한 불빛 속에
그림자 홀로 남겨둔 채
선회의 자국만 그려 놓는다
가고 오는
긴 줄기에 쌓이고 쌓인
고해들이
세월의 깊이를 말해주듯
오늘도
쓸쓸히 떨어지는
마음의 잎은
자꾸만 깊이 쌓여 간다
긴 이랑의 골로.

마음의 정원

마음의 뜰에는
아직
피지 못한 꽃이 있다

계절로 핀 꽃은
철 지나 떨어져
향기를 잃었고

늘 봐도
피지 않는 꽃은
나의 사랑 꽃이다

마음에 그린 그림에는
피다 남은 꽃
아직
그대로
남아 있구나!

무아지경

불상의 자세처럼 앉아
눈을 감고
산세의 풍경을 모은다

살갗엔 바람이 스치고
삼라만상의 전경
몽롱한 천혜의 현상이 펼쳐진다

생각과 정신은
무아지경의 늪이로다

마음이 조용하고
들숨 날숨 하며
심신의 호흡으로
온몸 속
사방의 기운을 모두 모은다.

좋은 씨에서 좋은 향기가 나온다

꽃은
씨앗에서부터
향기를 품었고

그
씨앗의 꽃은
새로운 향기를 품어 낸다

너도 마찬가지다

좋은 향기를 품어야
또 다른
좋은
너의 향기가 나온다.

자연 따라 살아간다

삶이
세월이란 말인가
잊고 산 지 오래인데
계절이 가면 가는 대로
자연에 몸을 싣고
꿈 따라 흐르며
그냥
그렇게 산다
바람이 오면 바람을 안고
구름이 오면 구름을 안고
오는 대로
평온한 마음으로
그냥
그렇게
자연과 살고 있다.

청춘

세월이 가는구나

너도 가고
나도 따라가고

때때로
보는 것이
청춘인 줄 알았는데

인생
가는 곳 멀다고 하지만
갈 때는 꿈처럼
짧게 지나가고

돌아보니
긴긴날 바람같이
구름같이
휑 한이 떠가는구나!

길

길 위에 서다
길을 걸어간다

한 발씩 걸어
길의 난간까지 걸어가려 한다

생각대로 걷다 돌아오고
생각에서 그냥 모든 걸 멈춘다

길은 나의 움직임
걸어도 끝이 없다

여운 속에 빠져
외로이 가야 하는 길

고독의 평행선 따라
나란히 걷고 있다

그 길과 난
영원히
존속하며 살아간다.

봄의 꿈

긴 겨울 보내고
동면의 잠을 깨운다
멈칫거리며
동풍이 불 때
나뭇가지에서도 가끔 추위에 놀란다
목련꽃이 필 때면
채 가시지 않은 겨울이
순백의 옷자락에
여심을 남긴 채
각 껍질 깨고
멍울지게 피어오른
새하얀 목련꽃처럼
나는
그렇게
봄의 꿈으로
다시 예쁘게 피어나리.

그리움은 꽃이다

난
꽃이 그립다

너처럼
그립다

그리고
마음에 품고 싶다

그리운 만큼
내 마음 깊게 간직도 하고 싶고

그 모습
그대로
내 옆에 두고
오래오래 보며 지내고 싶다.

장미꽃

열띤 색깔의 분별
정열의 빛깔은
붉게 덧칠한
빨간 장미

둘둘 말아 가시덤불로
방패가 되어
순결 빛 순정의 꽃이다

범하지 못하게
그 아름다움을 감싸 안은 채
마디마다
열정을 뿜어내어
붉은
꽃으로 장식한다

피고
질 때까지의
그
순결은 참 고귀하다.

마음도 계절처럼 익어간다

조금씩
삶이 익어간다

계절이 가는 것처럼

풍성하게
마음으로 꽉 채우고

그 향기로
다시
또 피어난다

열정의 빛이
내 삶을 말하듯

순수하게 지나가는
그 계절은

또 다른
나의
삶의 맛을 느끼게 한다
우아하게.

인생의 늪

어쩜
우리는
세상의 늪에서
평생 허우적거리며 살아간다
시간의 둘레에서
맴돌다
낮과 밤의 경계 속에서
하루의 경지를 오가며 희망을 줍는 듯
고해하며 살고 있다
계절 따라
상징을 표류하고
돌아오는 의미들을
추상하면서
오늘과 내일
가고
또
걸어가고 있다
그 긴
삶의 여정을.

그리움은 나의 동행

계절마다
몸 흔들림이
지금에야
그 깊이를 좀 알 수 있을 것 같다
그리움들이
세월 깊이에 묻어서니
하나하나 추억인 듯
흔들거린다
쌓였던 그 그리움
흔적으로 남아
불현듯 찾아오는 그 순간
티끌처럼
흐트러진 마음의 울림이다
온몸 집착에 묶여
그 연을 끊으려 하지만
하면 할수록 더 강해지는
내면의 속
그
그리움은
나의 길은 동행의 추억이 되었다.

부칠 곳 없는 편지

지금은
편지를 써도 붙일 곳이 없다

옛적
우체통만 봐도
설레는 마음

지금은
그때가 아련하다

어느 때
쓴
그 편지가 떠오른다

너에 순정 어린
편지가.

세월 속에 핀 꽃

세월 속에서
피었다
지는 것이
아름답지 않을 수 있으랴

느끼고
보는 것은
모두가 꽃인 것을

나도
그중 하나

세월 속에
피었다
꽃처럼 지고 있다.

욕구

연못가에
앉아

긴 목을 늘이는
한 마리 왜가리처럼

외롭게
그리움을 쪼아
삼키려는 듯

유심히
물밑을 내려다보고 있다

내
마음에 차오르는 격심
끝없이 펼쳐지는데

자유를 유영하는
사랑의 영감들이
마음으로 막 피어오른다

저 퍼덕이는
물고기처럼.

마음에 품은 시

조용한 곳에서
언제나
외로워하며
가슴에 품은
사랑의 시

꽃잎보다
더 연한
그리움이
아픈 상처 될까
이별을 부르지 못하고

조용히
마음에 품고 있다가
그리움이 되어

늘
시로
널 부르며 읽고 있다.

오월의 장미

뙤약볕
붉은 장미
한 잎 한 잎의 아름다움이
겹겹이 품었구나

뜨거운
태양 빛 아래
붉게
물들어
강렬하게 피어난
정열의 장미

향기 없이
빚어낸
검붉은 꽃은

그
뜨거움의 아래서
온
청춘을 불사르고 있다.

그리움이 너무 그리워질 때

떠 오를 때마다
그리움이 사무칩니다

온통
나의 전부가
이 밤을 헤집고
그 언저리에서 맴돌아

바람처럼 일어난
회오리

마음 뽑아 달아나지만

멈추어 떨어진
그리움은

그 먼 곳
그대 창에서
이 밤을 지새우며 머물겠습니다.

갈망

의미 없이 바라본다
멍하니 한 곳에
초점 흐려진 채
방황의 시야들이 얽어매 낙상하고 있다

물끄러미 혼자 서서
저버린 갈망 집어삼킨 채
베문 삶의 형체들이 하나씩 떨어져 나가고 있다

몸속 깊숙이 쌓인
오열의 색깔들이 분열되어
온몸 쥐어짜듯이
곰삭은 이 마음도
저 바라보고 있는
허상에다
모두 뿌린다.

꽃잎은 피고 진다

꽃잎 피어
생각나던 것이
꽃잎 지면 잊어버린다

아름답고
고운 자태는
불변의 영원함이
지향적으로 이어지고

사계의 꿈은
자연의 법칙대로 흐르지만
언제나
오는 것이 있으면
가는 것이 있다

지금
이 모습 그대로
마음에 담아
꽃잎이 지었다
다시 피는 것처럼
순수한 고결을
꿈꾸자!

자연 속에 영혼

사계의 자연은
늘 평화롭다

보는 이의 마음은
참 아름답다

그 속에는 자유가 있고
밝은 빛이 있고
맑은 영혼 있다

그리울 때마다
품에 안아도
소리가 나질 않고

그저
마냥
즐거움만 있을 뿐이다.

잊어버릴 날을 위하여

언젠간
나에게도
세상모르고
살아갈 날이 오리니
보일 때 아름답게 보고
즐거울 때 웃어 보고
세상 속에
모든
행복을 마음껏 안아
그것마저 잊어버리지 않게
마음의 심장에
꼭꼭 적어 숨겨 두었다
언젠간
그
기억 속에 모든 걸
내가
사랑했던
것들이라고

고독

고독의 벗이여

글귀 따라
정처 없이
낭만으로 걸어간다

긴 세월 속
흐르는 풍류는

홀로 외로이
시인의 삶 속에서 잠드네!

꽃잎은 떨어지는데

떨어지는 꽃잎은
바람에 난다

그리움은
꽃잎 따라 허공에서 맴돈다
창공에서 찬 이슬이
꽃잎처럼
나부시 내려앉아

이 밤 외로이
홀로 그리움에 떨고 있다

긴 이별을 남기고
훨훨 날아
철새처럼 떠나가는데

언제
또
이 봄이 되어
꽃필 날 기다릴꼬.

진달래꽃

산천에 선혈이
저렇게
아름답게 흘러내릴 줄이야

여기
저기
아름드리 진달래꽃

내
온몸 덧칠하여
사랑에 흔적이 이루어지고

흐르다
흐르다
선홍빛에
마음 붉게 물들고 있다.

어릴 때 내 동무

내 즐거웠던 동무야
살다가 힘이 들 때
우리 어릴 때 꿈을 생각하렴
참 즐겁지 않았던가

가끔은
우리 즐거웠던 너와
그곳을 생각하면서
헛웃음을 지어 보곤 한다네
참 좋지 않은가

옛 추억이 묻힌 그곳이
따뜻한 내 고향이
어머님이 날 낳아서 기르던 그곳
지금도 그곳은
어머님에 품이 되어 따뜻하고
참 포근하다네

가끔은 삐뚤어져
얼굴 붉히며 싸운 적도 있지만
그래도 그때가 참 행복했지
가는 곳마다 흔적이 남아 있어 그리운 곳
그래서
나는 고향 찾아 살면서
그때를 회상하며
조용히 꿈을 지피고 살아가고 있다네

아쉬움이 너무 많아
이렇게 글도 쓰고 있지 않은가
내 사랑하는 동무야.

제목 : 어릴 때 내 동무
시낭송 : 박영애
스마트폰으로 QR 코드를 스캔하면
시낭송을 감상할 수 있습니다

꽃 같은 삶

꽃이 피었다가
한 잎 추억으로 남긴
향기

그냥
소박한 삶에
향기 가득 뿌리더니

하나의
잎으로 떨어진
한 정원의
아름다운 행복
바로 너.

월송정에서

좌 호 우 천의
터
너울치는
저 바다는
은은하게 기어오른다

철썩이는
하얀 파도
팔경의 운치로다

첩첩이 둘러쳐진 우뚝한
솔가지 사이로

해풍은 누누이
솔잎을 흔들며
긴 역사의
그 향을 품어내누나!

낙화 된 꽃잎

꽃잎이
아름다운 건
저 하늘에
화창한 밝은 빛을 보고
피었기 때문이다

핀 꽃은
사랑을 부르기 위해
연신 향기를 풍긴다

피우다
피우다
그
그리움은
사르르 시들어
낙화의 이별이다.

봄비

봄 소리 들린다
요란을 떠는
봄비

마음의 요동은
우울함이 되어
사무치게 흘러내리고 있다

계절의 망상인 듯
마음의 잡념들은
수없이 오가고 하여도
수심에 여념들이
저 봄비 소리에
쌓이고 또 쌓이어 간다

푹 패인 빗물 떨어진 자국처럼
쓸쓸함이
외로움 견디지 못해
봄눈 녹듯
스르르 녹아내린다

봄비 속에
그대
그리움 때문에.

제목 : 봄비
시낭송 : 박영애
스마트폰으로 QR 코드를 스캔하면
시낭송을 감상할 수 있습니다

파도는 살아있다

손영호 제4시집

2023년 2월 23일 초판 1쇄
2023년 2월 27일 발행
지 은 이 : 손영호
펴 낸 이 : 김락호
디자인 편집 : 이은희
기 획 : 시사랑음악사랑
연 락 처 : 1899-1341
홈페이지 주소 : www.poemmusic.net
E-Mail : poemarts@hanmail.net

정가 : 10,000원
ISBN : 979-11-6284-433-5